艺术设计高考应试训练丛书

设计色彩课程

广西美术出版社　　　主编 杨珺 高斌　　　颜 素 著

北京·中艺高考美术培训班

　　北京·中艺是一处以中央美术学院、清华大学美术学院、中国美术学院、北京服装学院等高等艺术院校为培养方向的美术专业考前培训基地。本基地实行全日制、封闭式教学和管理，倡导全新的教学理念、严肃的教学态度，面向全国各高等院校美术专业输送优秀学生。本基地师资力量雄厚、生活设施齐全、交通方便，为考生提供了优良的学习环境，近年来取得了良好的教学成绩。

教学条件

　　一、北京·中艺坐落于北京市朝阳区酒仙桥，位于中央美术学院和清华大学美术学院之间（即 2001 年至 2003 年连续三年中央美术学院设计专业北京区考点所在地）。交通方便，学习环境安静、安全，有专职工作人员从事后勤工作，校内配备食堂、宿舍、澡堂、供暖设备等必要生活设施，学生在提高应考能力的同时生活有全方位的保障。

　　二、由中央美术学院、清华大学美术学院、北京服装学院专业教师任教，同时聘请在校研究生及高年级本科生为助教，专业教师 33 名。文化课由北京市重点中学高级教师任教。

　　三、教室配备电化教学专用录像机、电视机、幻灯机、投影仪及各类影像、图片教学资料，并备有美院教师及学生范画原作，其中部分作品曾经登载于各类美院画册或教材。

　　四、根据专业考试要求及新的命题变化，由具有多年教学及阅卷评分经验的美院老师制定系统、科学的教学大纲。

　　五、本基地备有各届专业考试及录取资料和其他招生信息。

教学特点

　　一、根据每年高等艺术院校专业考试及命题变化，反复论证和调整教学计划，认真分析各院校专业考试侧重点和异同点，注重前瞻性，明确定位，针对报考不同院校不同专业的考生，做到有的放矢的专业指导。

　　二、科学设置课程，各阶段训练重点明确、合理。基础课、专业课分类明晰，避免学生盲目学习的弊端。

　　三、以提高学习能力与专业素质为目的，不定期组织学生参观各类展览，参加美院专家教授举办的学术讲座，同时广泛开展与美院师生的交流活动。

　　四、以专业教学为重点，并重视文化课的辅导，重视调整考生学习、应考的心理状态，定期举行模拟考试，为应考做好充分准备。

教学范围

　　一、设计艺术部。主要课程：素描、色彩、设计基础、速写。

　　二、造型艺术部。主要课程：素描、色彩、速写、创作。

　　地　　址：北京市朝阳区酒仙桥南路甲 7 号酒仙桥一中

　　联系电话：010—84561614

　　图文传真：010—84564881

　　邮政编码：100016

　　电子邮箱：84561614@163.com

目 录

色相

明度

纯度

　　每一学年加入北京中艺的学生们的水平都参差不齐，但学生年龄、受教育程度和人生阅历都相仿，因此认知和理解事物的能力也就相差不大。在历年来的色彩教学中，我们发现学生理论知识的匮乏，绝大多数学生对于色彩的概念是模糊的，头脑中没有一套相对完整的、适用的色彩知识体系，这势必给以后的教学带来麻烦。

　　因此我们认为把基础知识独立出来作为第一课，放在课程的开端是很必要的。主要教学手段是通过讲大课提出问题和学生写生实践解决问题配合进行。

　　无论是写生色彩还是主观色彩放到色彩这个大主题中，其基本规律是一致的，色彩感觉这种视觉表象固然重要，但要构架一个完整的色彩画面，光凭感觉是远远不够的。色彩是从自然表象中抽象出来的，有如数学般的严密逻辑和构成要素的学问，那么色彩构成知识就是构成一张画面的框架和骨骼，在这里不要把这些知识看成是挂在嘴边的枯燥道理，静下心来慢慢体会，色彩构成知识就会浅浅地映射到自己的画面，发挥作用。

色彩构成的基本知识（8课时）

　　课程重点：理解色彩三要素的性质，并对每一要素的变化过程获得感性的印象。

　　色彩三属性：色相、明度、纯度

　　色彩三属性：视觉所能感知的任何一种颜色都具有色相、明度和纯度这三种特征，我们称之为色彩的三属性。通过电子技术分析，每一种颜色的色相、明度和纯度都可以用准确的数量来界定。那么变换色相、明度和纯度的量和次序，就像数字的排列组合一样，无限可能地把握色彩的三种属性。扩大色彩的想像力和表现力，在色彩设计这种抽象思维中显得尤为重要。

近年高考色彩试题分析

一、近年中央美院设计类高考色彩考题：

1999年：提供平面图片一张，填入色彩（不限水粉、水彩），时间3小时。

2000年：要求提供黑白图片一张，转换成色彩图片，时间3小时。

2001年：提供黑白风景图片，转变为写实的色彩风景，时间3小时。

2002年：以"夕阳下的天空与山"为主题创作一幅色彩风景，时间3小时。

2003年：以"阴天与晴天"为主题创作两幅色彩风景，分别为冷色调与暖色调，时间3小时。

2004年：以"校园风景"为主题创作一幅色彩风景，时间3小时。

二、主要考查点：

1.基本造型能力：色彩感觉及对色彩规律的掌握，用色彩表现形象、空间，通过色彩的穿插与变化体现节奏韵律。

2.色彩想像能力：在没有写生对象的情况下，创造出良好的色彩配置。

3.画面表述能力：运用色彩抒发情感和表达气氛。

简而言之即形、色、形色结合、色调这四个方面能力的考查。

三、发展趋势：

纵观自1999年到2004年色彩考题，我们不难发现考题的灵活机动性增强了，表面上看对考生的限制越来越小，但实质上对学生的综合能力要求越来越高，集中体现在以下几方面：

1.在造型上：提供图片或简化景物，降低造型给色彩表达上带来的难度，更多地关注色彩本身。

2.在表现手法上：不拘泥于写实，允许各种语言风格的出现。

3.在情感表达上：鼓励学生用较丰富的色彩想像力进行创作，强调整体色调造成的动人情境。

这样的考核趋势无疑给生搬硬套者带来了麻烦，但同时也给有才学者提供了一个更为宽松自由的发挥舞台，因此学习一定要得"法"，诚恳。"师心"而非"师迹"，无捷径可走。

北京中艺的素描、色彩课作为第一阶段的教学通常安排在平面、空间课的前面。旨在通过基础课程的积累，更好地进入设计课程。第二阶段的教学，素描、色彩、平面、空间课穿插进行，相互渗透、影响。

在本篇中我们讲述的主要是北京中艺第一阶段教学过程中紧接着素描课程的全套系统的色彩课程。第一阶段的色彩课程主要分为四个大课：第一课色彩的基础理论知识；第二课写生；第三课创作；第四课模拟考试。在课程中根据学生的具体进度安排不同的课时量，要求学生积极配合。每一堂课教师分四个阶段教学：准备阶段（教法、媒体、表达、激发、解释、阐述）；教师讲解示范（步骤、提示）；学生操作（教师查、问、纠，学生做、答、练）；独立练习（巩固消化、教师评估）。在北京中艺几年的教学过程中，通过教师和学生的努力，这套色彩教学体系得以不断完善和补充，不失为一套行之有效的方法。

色　相

色彩的相貌，是人们对不同感觉的颜色，用不同的名称固定下来。当我们说到"绿色"时，人的大脑中能立即反映出这种颜色的相貌来，这就是色相的概念。

赤、橙、黄、绿、蓝、紫组成最简单的6色相环，如果在这6种色相每相邻的两色相之间增加一个过渡色，便组成的12色相环，12色相是很容易分清色的色相，如果在12色相每相邻的两色之间再增加一个过渡色，便组成了24色相环。我们发现24色相环中颜色的过渡色是微妙而缓和的。

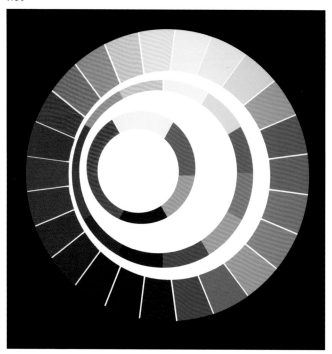

部分学生在色彩创作、平面或空间作业中反复使用自己熟悉的几种颜色，直至出现视觉心理上的疲惫和厌倦，对色相概念的模糊，缺乏精准而完整的认知是导致这一现象的重要原因之一。在大学色彩构成课中老师仍然让学生自己动手做色相环，通过现有颜色配制出尽可能多的颜色。这一看似简单的工作能纠正学生对于色相的片面认识。由此可见，对色相深入而清晰的认识具有普遍的重要意义。

明 度

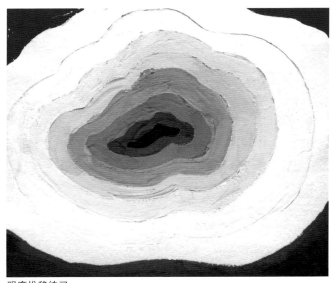

明度推移练习

明 度

颜色的明暗特征我们称之为明度。

光谱色中最明亮的颜色是黄色，最暗的颜色是紫色。

明度是色彩三属性中脱离了其他两种属性还能单独存在的因素。因为借用素描的黑、白、明、暗关系我们仍然可以将彩色世界描述出来，换句话说，只要色彩存在，明暗关系就会出现。

因此明暗结构是彩色世界抽象出来的色彩骨骼。在色彩创作中，我们强调黑、白、灰关系的妥善安排也体现了明度作为潜在因素的关键性作用。若画面黑、白、灰关系混乱或不够明确，势必会出现色彩平淡、软弱无力或过于热闹的后果。

作 业

A.明度推移练习

选择一种单色，通过逐渐加入黑色和白色的方法，形成明度渐变的系列，再利用这一系列组成自己理想的画面。

色相推移练习

B.色相推移练习

以色相环上的色彩次序为依据，作色相推移练习。例如，在色环上任选一绿色，从绿色开始，可以向左或向右逐渐变化色相，就是说，可以由绿到黄绿到黄这样的方向逐渐变化，也可以由绿到蓝到紫这样的方向逐渐变化，形成色彩渐变的系列，再用这一系列构成理想画面。

纯 度

纯 度

颜色的鲜艳程度我们称之为纯度。不同的色相纯度也不相同。红色是纯度最高的色相，蓝绿是纯度最低的色相。在现实生活中，我们观察到的颜色大多是含灰的不饱和色。纯度的变幻使得色彩世界丰富多彩，色彩的修养和能力与把握纯度有很大关系，需要大量的实践来熟悉纯度变化及搭配方法。

纯度推移练习

C.纯度推移练习

先选择一个纯度色相，再调出一个与该色相明度相等的中性灰色，通过在纯色中不断加入该灰色的方法，逐渐降低纯色的纯度，形成纯度变化系列，再以此系列组合一个理想画面。

课堂总结：

从学生作业反馈的信息来看，绝大多数学生对色相、明度、纯度的概念以及它们在色彩中的应用有了更深入的认识。

色彩对比：
色相对比、纯度对比、明度对比 （4课时）

1.色相对比

不同的颜色并置在一起，呈现色相的差异，称之为色相对比。

色相对比详细划分为：原色对比、间色对比、补色对比、邻近色对比和类似色对比。

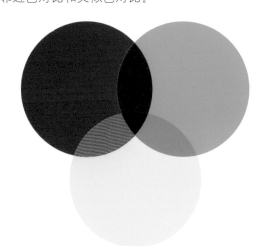

原色对比

A.原色对比：红、黄、蓝三种原色之间的对比属最强烈的色相对比。如果画面由两种或三种原色完全统治，会产生极强烈的色彩冲突。这样的对比在自然界的色调中很难出现，具有很强的精神特质。

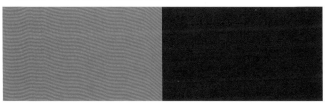

橙与紫

绿与蓝

B.间色对比：橙色、绿色、紫色这三种间色之间的对比较原色对比来说略显柔和，橙与紫、绿与蓝是活泼鲜明又具天然美的配色。

黄与紫

红与绿

蓝与橙

C.补色对比：位于色相环直径两端的颜色互为补色关系。如黄与紫、红与绿、蓝与橙。一对补色并置在一起，可以使对方的色彩更加鲜明，如红和绿并置，红变得更红，绿变得更绿。

红和橙

蓝与绿味蓝

黄与绿

蓝与紫味蓝

E.类似色对比：在色相环上非常邻近的色，如蓝与绿味蓝、蓝与紫味蓝这样的色相对比称为类似色对比，是最弱的色相对比效果，常用于突出某一色相的色调，注重色相的微妙变化。

橙与黄

D.邻近色对比：位于色相环上相邻位置的色相并置关系，称为邻近色对比，如：红和橙、黄与绿、橙与黄等。邻近色对比较温和，在色相对比中属弱对比，其最大特征是具有明显的统一谐调性，或为暖色调，或为冷暖调，或为冷色调，在统一中又不失变化。

2.纯度对比

一个鲜明的黄色与一个含灰色的黄色并置在一起，能对比出它们在鲜灰上的差异，这种色彩性质的比较，称为纯度对比。

纯度对比既可以体现在同一色相的不同纯度色的对比中，如大红与土红，大红比土红鲜艳；也可以体现在不同色相的对比中，如纯红和纯绿相比，红色的鲜艳度更高。

降低一个饱和色相的纯度通常有两种方法，混入黑、白、灰色或混入该色的补色。任何一种鲜明的颜色，只要它的纯度稍稍降低就会表现出不同的相貌和品格。

纯度对比

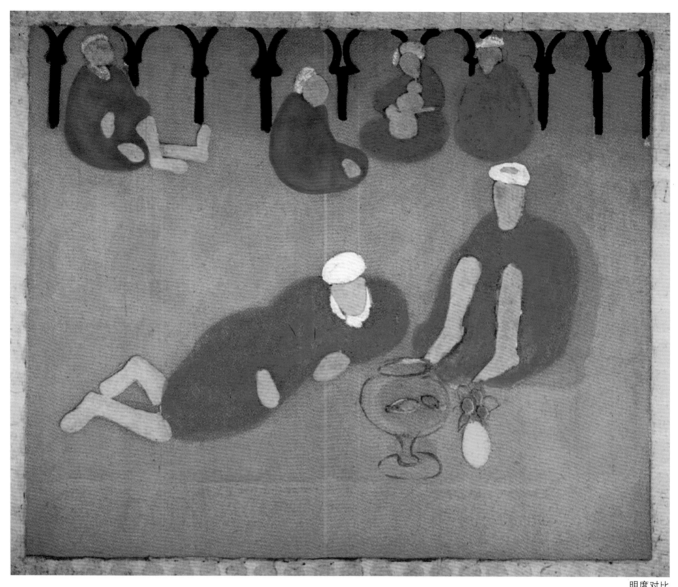

3.明度对比

　　每一种颜色都有自己的明度特征。饱和的紫色和黄色，一个暗、一个亮，当把它们放在一起对比时，视觉除了能分辨出它们的色相不同，还会明显地感觉到它们之间明暗的差异，这就是色彩的明度对比。

作 业

色相对比 强

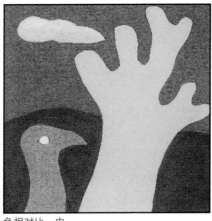
色相对比 中

色相对比 弱

A.色相对比练习

从各种色相对比中任选强、弱不同的两种对比进行构成练习，体会色相强弱对比的效果。

明度对比

B.明度对比练习

选择明度强、弱两种对比效果进行构成练习。

纯度对比

C.纯度对比练习

选择纯度强、弱两种对比效果进行构成练习。

课堂总结:色彩对比知识对学生的写生和创作有着重要的实用价值,因此安排课时量较多。教师要求学生在完成这几个对比练习时采用不变换图形的手法进行,目的是突出色彩变化带来的不同效果。

面积、形状与色彩对比 （1课时）

1.色面积对比

两种或两种以上颜色共存于画面，相互间存在面积比例的关系。不同面积的比例，显示色彩不同量的关系，明度越高，面积越大，色量就越大，因此产生不同的色彩对比效果。当两种颜色相等的面积比例出现时，这两种颜色的冲突达到高峰，双方势均力敌，色彩对比强烈。若改变两色的面积比例，其中一方的力量扩大到足以控制整个色调时，另一方只能成为这一色调的点缀，此时，色彩对比效果很弱，并转化为统一的色调。

色面积对比

2.色形状对比

形状常常是伴随着色彩同时出现的因素，不同的形状能使色彩对比强烈或柔和、紧张或放松。

形状对色彩的影响主要体现在形的聚散上，形状越集中，色彩对比越强烈；形状越分散，对比越弱。在现代设计和绘画中，为了加强视觉冲击力，常采用大面积的色块加强色彩表现力。

色形状对比

作 业

A.色面积对比练习

选用三至四色,在四幅小构图中分别变换各色的面积量,结果会看到不同的色彩对比效果,也就看到了不同的色调。

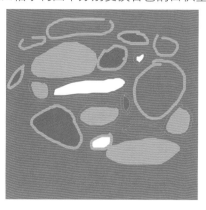
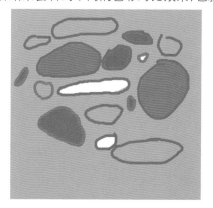

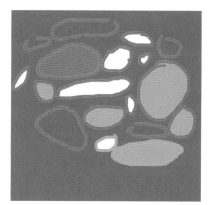

B.色形状对比练习

选用三至四色，在四个小构图中，通过不变换颜色和面积量，只变换形的聚散，来构成四幅效果不同的色彩构图。

 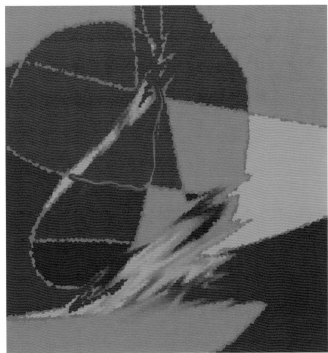

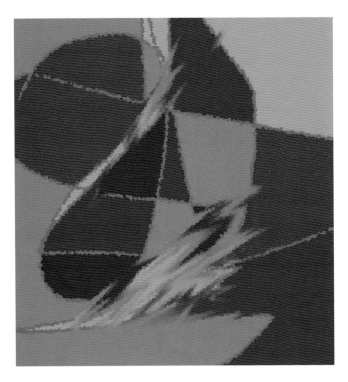 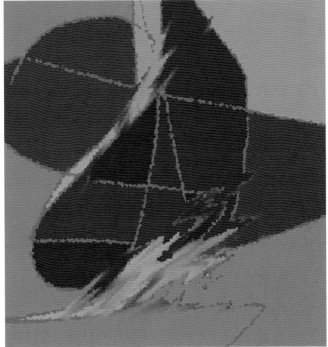

色彩心理 （1课时）

色彩具有精神的价值，人们常常能感受到色彩对心理及情绪的影响，有来自视觉的直接刺激，也有来自大脑的间接联想，甚至涉及人的观念、信仰。下面就几种典型的颜色谈谈其鲜明的性格和心理暗示。

红色：红色象征热烈、冲动、庄严、肃穆，康定斯基说："当然每一个颜色都可以是既暖又冷的，但是哪一种颜色的冷暖对立都比不上红色这样强烈。"

橙色：橙色象征欢快、活泼、富足、幸福，是暖色系中最温暖的颜色。

黄色：黄色象征灿烂、辉煌、财富、权力，是明度最高的颜色。黄色若受到黑色和白色的侵入，会立即失去光芒。

绿色：绿色象征美丽、优雅、宽容、大度、宁静、平和。

蓝色：蓝色象征博大、永恒、平静、理智、纯静。

紫色：紫色象征神秘、恐怖、虔诚、混乱、死亡。

黑、白、灰色：黑色具有抽象表现力及神秘感，超越了其他任何颜色的深度。康定斯基认为，黑色意味着空无，像太阳的毁灭，像永恒的沉默，没有未来，失去希望。而白色的沉默不是死亡，而是有无尽的可能性。而灰色则是色彩系中最被动的颜色，是彻底的中性色，当它靠近暖色，便显出冷静的品格，当它靠近冷色，则变成温和的暖灰色。

作 业

　　在下面几组作业中任选两组进行色彩心理表现的练习，每组包括两个构图。

A.欢快与悲伤的色彩构图

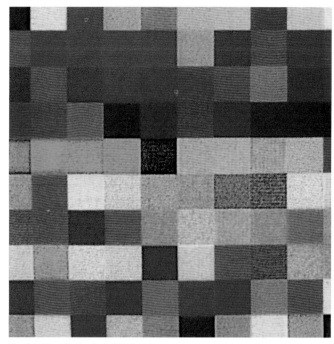

B.华丽与朴实的色彩构图

C.坚硬与柔软的色彩构图

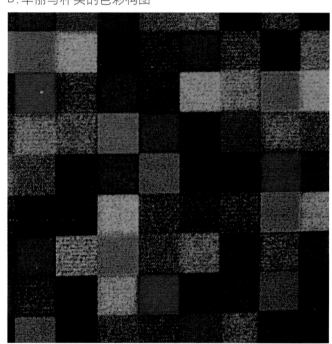

D.沉重与轻盈的色彩构图

构成色彩画面的几大要素 （4课时）

在系统地学习了色彩的基本理论知识之后，紧接着需要掌握的是构架画面的几大要素。

课期：4课时

课程重点：在画色彩过程中可以从四个方面着手考虑画面。

1.构图严谨，完整有韵律；

2.形式感强，构成元素单纯，简约且有秩序，有视觉动力，完成从写生到设计的过渡；

3.整体色调的气氛与强化，做到色调统一、概括，注意大色块的配置；

4.个性化的体现通过色彩和造型的情绪性表达和心理暗示来实现。

为了便于理解，结合具体作品作阐释。

1.构图的几种构成基本型。

A.水平线构图：通常用来表现大自然的宽广和平静，在现代绘画中，笔直的水平线具有无机性，消除了各种各样的联系，其固有的冷静特征更加清晰。

（图1） 莫奈的《阿加塔河》，由于水平线在构成中的运用，表现了海面宽广辽阔，充满舒展、恬静感。

（图2） 在达利的超现实主义作品《流动欲念的诞生》中，地平线将象征时间的物象与天空隔开，画面有静谧诡秘之感。

B.垂直线构图：几条垂直线并置，产生有韵律的动感，垂直线既理性又有人为的强度感。

（图3）

（图4）　　　　　　　　　　　　　　　　　　　　　　（图5）

　　水平线与垂直线结合构图：水平线与垂直线是构成的基础，这种组合构图较常见和易把握，水平线与垂直线互相补充，使画面充实、完整。

（图6）　　　　　　　　　　　　　　　　　　　　　　（图7）

　　C.斜线构图：画面出现斜线，使之产生动感，倾斜程度越大，斜线越多，动感越强烈，但在使用斜线构图时，要掌握好起主导作用的斜线，注意画面的平衡感。

　　D.曲线构图：曲线构图常用来表现柔美的女性和恬淡的风景，具有很强的抒情性。

(图8)

E.三角形构图：三角形在所有构图中最稳定，画面稳固、安定，但过分的控制会使画面呆板，失去动感。

(图9)

F.对角线构图：画面四角相对连结的线称为对角线，在斜线中具有特别的角度，根据对角线安排的形是最稳定的。

(图10)

(图11)

2.形式语言。

平面化、装饰化、抽象化作为色彩创作可借鉴的几个方向，同样也涵盖了造型和色彩两个方面，两个方面必须同时进行，在单纯化、符号化了的形上提炼色彩，使之统一，能增强画面的表现力和趣味性。

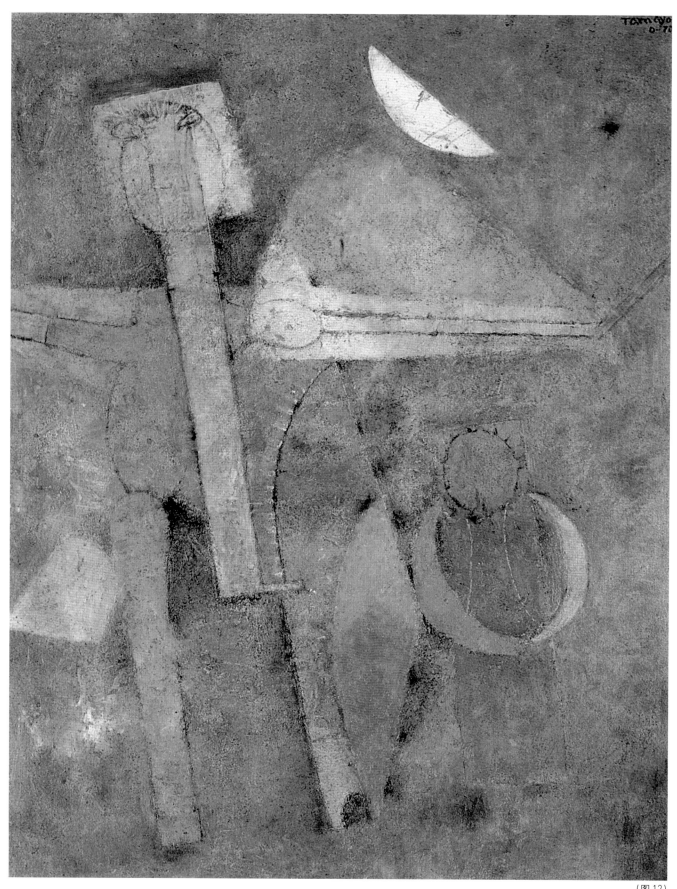

3. 整体色调。

所谓调子，是对一种色彩结构的整体印象，这种整体印象的形成主要由明度基调和颜色基调决定。明度基调是指一个色彩结构的明暗及其明度对比关系的特征，在创作中，整体的色彩是暗的还是亮的，明度对比是强烈的还是柔和的，这种明暗关系的特征，将为最后的色彩效果奠定基础。不同个性的作者往往由于各自不同的意图和审美，而首先为自己确立特定的明度基调，在一定程度上决定了最后要形成的效果。

颜色基调，主要体现色彩结构在色相及纯度上的整体印象，一个整体色彩，是倾向暖色还是冷色，是偏紫红还是偏粉红，是鲜艳的饱和色还是含灰的色，这个基本印象无疑对整个色彩所要表现的情绪和美感有极大的影响。颜色基调的确立通常有两个大的方向：A.寻求有倾向性色相的色调，关键在于确立好主要颜色，并且让这个主要颜色的面积大到足以使整体的色彩效果倾向于它，然后根据需要适当搭配其他对比色。一般来说，有色相倾向的色调具有明显的表情特征，属于色相类的调和结构。B.强调对比关系的结构，不同的对比，有不同的效果，如强冷暖对比表达强烈冲动、热情欢快、悦目的效果，弱冷暖对比则是含蓄柔和的。因此，根据自己所要达到的目的，首先设计好颜色基调，会使整个创作过程井然有序。以下用若干图例展示几种较常用的明度基调。

(图13)

亮色调含中明度对比。色彩效果柔和欢快，明朗而又安稳。

（图14）

亮色调含弱明度对比,色彩效果极其明亮、辉煌、轻柔。

（图15）

中间灰调含强明度对比,色彩效果力度感强,充实、深刻、敏锐、坚强。

（图16）

暗色调含强明度对比,色彩效果清晰、激烈。

（图17）

中间灰调含弱明度对比,色彩效果有梦一般的朦胧感,模糊、混沌、深奥。

(图 18)

　　中间色调含中明度对比，色彩效果饱满、丰富，较含蓄有力。

(图 19)

　　亮色调含强明度对比，色彩效果亮、清晰、光感强、活泼而具有快速跳动的感觉。

暗色调含弱明度对比，色彩效果模糊、沉闷、消极、阴暗、神秘。

暗色调含明度中间对比，色彩效果沉着、稳重、雄厚、迟钝、深沉。

写生是创作的基础,不经写生训练,没有色彩调和经验与色彩系统知识的积累,没有色彩感觉与色彩配置的获取,无从创作。因此写生作为创作必要的过渡,安排了近半数课时,体现了相当的重要性。

在对规律谙熟于心之前,我们强调合理的步骤,并不是概念地规定一些条条框框而约束学生的个性,其目的在于通过正确的方法引导培养学生的独立思考能力,让个性得以更好的发挥。

课期:64课时

课程要求:

前一阶段理论知识的学习告一段落,教师及时地给学生提供一个理论联系实践的机会,将课程转入写生阶段,进一步巩固前面所学的知识,同时解决写生中常出现的问题,通过量的积累来达到质的变化。

课程安排:

首先讲述写生的具体步骤,然后安排静物写生,最后过渡到风景写生。

一　写生步骤 （4课时）

1.观察

深入课堂,不难发现很多学生的作画状态都是匆匆忙忙冲进教室,急急忙忙动笔,画到一半便困惑、茫然。情绪和理性都未充分调动起来,就着急动手,难免画到中途就因这样或那样的问题而搁浅。因此我们主张一开始就从自己的性情和兴趣点上对表现对象作一个大致的分析和了解:选择自己喜欢的静物或风景,若是打动不了自己的对象画出来也很难打动观众;选择观察角度,是俯视或平视、顺光还是逆光。构图根据自己要表达的内容是采用横构图还是竖构图,是采用正常的四开纸比例还是非常规比例。总之,想与众不同这个主观意愿是值得肯定的,它总会给自己的作画情绪和画面效果带来些新气象。

2.构图

构图在构成上的基本形,可参考我们前面所讲的知识,同时要注意以下几点原则:

A.主体与陪衬体的关系:主体作为画面的中心一旦失去,就会产生不安定感,因此首先要使主体明确,然后再与其他的要素组合起来进行构图。值得强调的是主体应避免出现在画面的中心点上,那样会使动感消失。

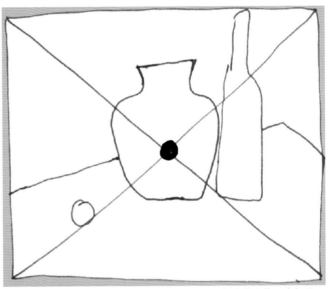

主体物放在中心点上的构图是通常忌讳的,但在学生作业中却是屡禁不止,值得重视。

B.均衡:与确定主体相对应的工作是调整均衡,通过调整陪衬体的面积大小、位置、方向性来取得画面平衡,当然,这没有公式可计算,需要反复调整,因此要求学生在构图时多作小草稿,最后选出相对理想的构图。

C.形状:面对庞杂繁复的静物场景或风景,首先要有取有舍,不能什么都画,什么都画无异于什么都没画,在选取了要表达的对象后,对其开头也应作概括、归纳,去掉一些细枝末节,保留主要特征。在静物画中学生对衬布、背景台面的形状的归纳往往是被忽视的。

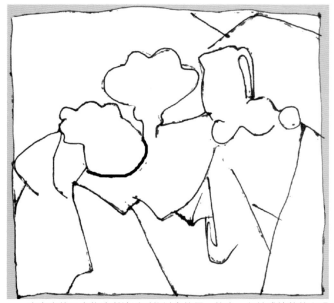

在塞尚的画中能清晰地看到将衬布拉平、拉直、归纳成块状的主观处理，衬布在画面起到了分割空间的骨架作用。画面的最终效果与构图的关系也十分密切，不要一味地在色彩上找原因。

3.上色

整体对于绘画是一个永恒的主题，整体在色彩中的体现是要画出一个色彩关系，而色彩关系的形成依靠比较在固有色、光源色和环境色的相互渗透、影响下提炼出明度、纯度、冷暖的秩序和节奏。任何时候都以整体色彩关系的相对准确为重，不要迷醉在几块漂亮的局部颜色中。用色彩的眼光画色彩，排除诸如形、体积、空间之类的素描因素的干扰，最大限度地释放出色彩的再现力。因为只要在对应的位置上准确地摆出色彩微差，自然就有了形、体积和空间感。

A.先画重颜色，将画面各处的重颜色和暗部颜色作比较，找出差别。

如图23：将黑色花瓶最重的部分和红色陶罐的重颜色以及各物体的暗部颜色作比较，谁最重，谁其次，谁再次，谁偏冷，谁偏暖一点，这样就形成了画面的第一个关系——明度色阶。

B.确立相对纯的颜色，画面最纯的颜色究竟纯到什么程度，不一定照抄对象，而是根据画面整体色调的需要而定。

纯度相对高的颜色摆放在玉米、柿子、辣椒、红果子的局部。在暖绿色调的大环境中，鲜黄的玉米和红果子都降低了纯度，服从整体。

C.中间灰色的分析，灰色在写生色彩中是丰富、微妙而难画的，前两个步骤进行明度分析和纯度分析，为中间灰色的分析提供了参照和依据。

（图22）　作者对几块衬布的灰色精心安排，背景上的绿衬布和横放着的绿衬布相比，前者偏暖，后者偏冷且鲜艳，左下方和右下方的两块白布，明度上差别不大，于是有意安排了冷暖倾向，左下方偏绿，右下方偏黄。

（图23）黄晓宇

这周的色彩练习我没有像往常一样画老师摆好的静物，我画了户外一扇锈迹斑斑的门。就像教师所说的，要善于用眼睛去发现美，我突然觉得自然界美好的东西实在太多，即使是苍老的门，它的破旧、孤独也给了我很多感慨，我带着这种心情去画它，自己觉得收获甚多。

（图24）沈奇

这是一组我自己摆的静物，我个人比较喜欢旧的东西，画这幅画最大的难度在我看来是这堵墙的颜色。说实话，我更喜欢那种惨淡的略带有一点青色的墙壁，对于这堵红墙，我没有感觉。

在画这幅画时，我唯一的感觉是冷，这是一张室外作业，看着冷光的青瓷小碗，还有一枝几近残败的菊花，感受着一丝丝凉风，也许这是一种做出来的意境吧！

(图25) 潘春玲

对于这幅画,我自己还比较满意。我在努力避免昨天的问题,比如说构图,物体不要居中,对整幅画面的设计,包括颜色,在动笔之前我认真观察静物,分析主体的色彩倾向,上第一遍颜色时迅速抓住大的感觉。所以我觉得在动笔前先考虑好是非常必要的,这就是我的一点心得体会。

4.调整

画面大体效果出来之后,逐步形成了几个不同色块,最后的工作是调整和强调,使色块与色块之间的关系明确,形体与形体之间的衔接更自然,形成一个统一又和谐的优美色调。

二 静物写生 (30课时)

静物写生课程主要培养学生的整体色彩意识与色彩分析能力,使学生在观察与分析的过程中提高色彩感受力及熟悉工具材料的性能。

1.课堂练习

课堂只是提供给学生一个用实践来掌握规律的操作平台,对于学生怎么画,用色点还是用色块,平涂还是堆砌颜色?画什么,是摆好的静物还是墙角的一处废墟?都不作干涉,甚至不要求每一张画最后都有一个完整的结果,重在每一张画中突破了哪一点,解决了什么问题。我们反对一张接一张地按部就班地重复机械劳动,因为缺乏由质疑到否定到纠正自我的过程,自身的进步是缓慢的。同时课堂也是教与学的双向引导:学生在课堂上及时向教师提问,解决问题;教师也在观察学生作画中引发思考,完善教法。

2.课后总结

课后总结始终是教学过程的一个重要环节。这个环节首先要求每位学生对自己的作品写作画感受,如图23、图24、图25。在学生的自我总结中,不管其准确与否,我们看到了情感的真切和对画面的思考,而带着情绪入画和思考本身就是一种巨大的收获;然后作集体观摩,将所有学生的作品并排摆开,学生和教师相互提问,分析作品的得与失,实现教学相长,教师明确了下一步的教法,学生也明确了下一张画的目标。

3.作业讲评

教会学生如何分析作品,主要从四个方面去看:

A.构图

构图一直是我们花大力气去解决的问题,关于构图的几种基本形式和原则,在前面的课程中已详细讲述,在此不作赘述。总体要求是构图饱满、完整,注意物体形状、大小、疏密的错落有致。

如图26两盆绿色植物一前一后叠加构成画面的主体,然后通过几块衬布的穿插将上下左右的空间贯穿起来。几个大蒜的安排打破了画面全是大形状的格局,起到了"点"的作用,不失为一张成功的构图。

(图26)

(图27)

(图28)　工具包、雨伞、梨构成了一个稳定的三角形，画面整体而有力量。

(图29)　构图显得欠考虑，画面大物件全部堵在画面中间地带，缺乏大小、疏密对比。

B.色调

大色调是一幅画面的主旋律。学生在写生中往往易犯的毛病是对着静物抄颜色，就像画素描抄调子，结果把大关系给丢了。教师在教学过程中不断提醒学生主观处理局部颜色以符合大色调的需要，久而久之，学生会形成自觉意识，主动考虑大色调。如图26是一幅以绿色调为主的静物，作者精致地画出了绿色植物和两块绿衬布的不同冷暖、灰艳层次变化，处理大蒜、白衬布和褐色花盆时，少量绿灰的加入，使整个色调和谐、统一。如图27，作者把握住以红灰为主的画面基调，环境色的处理果断、自信。

C.形体、空间的塑造

在色彩教学中，对学生的塑造能力的要求因人而异，根据学生现有的基础而定，不要求整齐划一，尽量做到用颜色的微妙变化来塑造形体、空间，发挥各自的优长。如图27，画面几块明度接近的亮色把握得很有分寸。从白壶到大蒜、白色衬布到浅蓝色衬布、鞋到背景墙面，我们看到了由冷暖、明度和鲜灰的推移带来的节奏感；重色罐子和鲜色蔬果以及大面积的亮灰色物体构成了画面几个大色块，使得画面效果响亮，形与形之间的衔接处颜色表达准确、松动，使得整个空间存在显得真实可信。如图28，整幅作品给人痛快淋漓之感，在画面主体物工具包、干花和纸袋的塑造上干脆利落，不拖泥带水。如图29，作者学画时间不长，但仍能从这张画中看到许多可爱和值得肯定之处。手法上稚拙、朴素，梨的形态画得很有表情，色彩的处理上体现了良好的色彩天赋，几个果子的颜色既有联系又有区别，那种熟透了的感觉画得不焦不躁，恰如其分，整幅作品给人温润、淳厚的感受。

4.作品欣赏

作品欣赏没有安排单独的课时量,而是作为课堂教学辅助手段穿插在课堂中进行。除此之外,也鼓励学生课后大量读画,以提高自身修养,阅读范围不必圈囿在自己熟悉的几位画家作品内,可以是油画、版画、壁画、设计作品、时尚杂志……重要的是拓宽眼界,把别人的妙处借鉴到自己的画面中来。

(图30)

(图31)

(图32)

(图33)

三　风景写生 (30课时)

　　近年来色彩试题以风景默写为主流,相对于静物来说,风景造型更为复杂,色彩关系更为丰富,更能体现考生对色彩的概括能力和整体的把握能力。必要的风景写生为风景创作提供素材,风景写生课程的设置成为创作的一个有效积累。

　　"风景"作为一种题材应该是广义的:教室外的大操场是一道风景,校门口的早点摊是一道风景,院子里的几盆花是一道风景,放学后夜幕里灯光闪闪烁烁的城市也是一道风景……所以画风景不一定非是郊外的小桥流水,只要留意生活,处处都有风景。

　　前一段静物写生课程的开设,使学生们进入到"色彩"的状态,为风景写生打下了基础。

1.课程安排

A.课前阅读。

大量阅读优秀风景画,分析不同的画家是怎样用不同的手法表现山石、天空、树木、水面、建筑,从中借鉴造型和表现手法及色彩概括手法。

B.短期作业。

半小时一张的短期作业,目的在于训练迅速捕捉大色调的能力,不要求形体具象、完整,只要求通过大量练习,强化概括能力。

C.长期作业。

半天或一天一张的长期作业,目的在于训练深入刻画的能力,鼓励学生不用担心破坏了画面某个阶段的效果,硬着头皮往下深入,使形更具体、更丰满,色彩层次更丰富。只有不断地"打破"才能不断地建立,几个回合之后,塑造能力必有长进。

2.课程重点

风景写生除了遵循前面讲到的写生步骤之外,还要注意以下几点:

A.关注光与色的关系。

户外风景光线复杂且易变。同一处景物在早晨、中午、黄昏不同时刻的光源影响下,色彩会发生变化,因此印象派画家对作画光线有严格的要求。风景写生课程给学生提供了个留意观察的机会,体会阴、晴、雨、雪天不同时段光色变化的规律和奥妙。

B.概括造型。

静物写生之所以比风景写生容易,是因为在摆静物时根据点、线、面的构成原则已经主观地作了筛选。那么在风景写生中,首先要做的是在大脑中"摆静物",决定取什么,舍什么,然后在选定对象的造型上再作一次取舍,保留概括其大体形状,去掉一些细节。

C.提炼色调。

每一处景物都会给人一个大体的色彩印象,说到北京萧瑟的冬天,不难想到灰色调,说到西湖碧水荷花,不难想到绿色调……

在风景写生中任何时候都要清醒地知道自己究竟要描绘一个怎样的大色调,切勿对着实景一处一处地照抄,那样只会使画面支离破碎,遇到现实景物中出现一些破坏大色调的因素,要么去掉它,要么对其作主观处理,使之与整体色调和谐。

3.作品赏析

对场景中庞杂的颜色增添删减,提炼概括,寻找形块之间的色彩成分联系,把握住清亮的调子,体现了作者较好的控制力。

(图34)

以大笔作画,统一灰调,归纳色块,加强了色彩的整体感,由冷向暖的过渡,由远到近色彩纯度的不断提高,增大空间感。

(图35)

天空一笔带过,地面概括为几块不同倾向的灰色,要刻画树丛。用交织的树干树枝加强画面节奏。笔触生动,叶子由近处的黄色倾向渐变为褐灰、紫灰,与颜色丰富的枝干融为一体,表现了树丛的厚实的空间。

（图 36）

（图 37）

33

（图38）古伯罗街景 享利·勒·斯丹纳

（图39）古伯罗街景 享利·勒·斯丹纳

（图40）阳光 埃米尔·克劳斯

03 创 作

　　写生课程完成以后，学生掌握了一定的基本色彩规律，具备了一定的造型能力和色彩修养，为创作课打下了基础。

　　课期：32课时

　　课程要求：

　　浏览近年来的色彩考题，我们发现从前几年给出抽象形或具象形填色，到2004年只给出命题的趋势，实际上把构图、造型、形式语言、色彩配置、色彩想像、审美取向等诸多要素同时摆在了考生面前，这样色彩考试就相当于一次完全独立的创作过程。那么学生的难处在于同时要解决的总是太多，明晰了这一点，我们的创作课程将采用一定的手段和方法，逐个解决难题，循序渐进，如孩童学步，先借助外力而后独立行走。

　　课程安排：

　　先从临摹转换练习起步，进入创作准备——小色稿练习，重点开始大量创作实践。

一 临摹转换练习（8课时）

　　临摹是学习进步的一个重要手段，可是单纯的临摹学生关注的往往是每一笔颜色的准确性和如何最大限度地再现原画，真正能借鉴运用到自己画面的东西甚少，因此意义不大，于是我们把一般意义上的临摹发展为临摹转换练习，分几个步骤进行，教学生如何借鉴，借鉴什么。

　　A.借鉴构图、造型。

　　选定临本，自己配置一套颜色，主要借鉴别人的构图、风景造型。

　　整个画面呈浑厚的灰调，作者以蓝灰色为主，配合一小块红灰作弱对比，画面右上角一小块粉紫色明度较高，为画面打起了精神。

　　在这个步骤中，由学生自己配置颜色，也就为整个画面定下了一个颜色基调，要注意的是各个色量的把握，即以什么颜色为主，什么颜色为辅，忌平均。

　　这一方法类似于图片填色，但比图片填色更主动，在学生脑海中留下的印象更深刻。(图38、图39、图40)

作者以紫红色为主，少量的粉绿、黄色对比强烈，画面效果响亮，在借鉴上图造型时，作者也作了主观概括，去除了许多细节。

B.借鉴色彩配置

这一步骤实际上是上一步骤的反向练习，选定一幅自己感兴趣的图片，将它的色彩配置提炼出来，或遵循原画色彩之间量的比例，或改变原画色量对比，自行构图、选型，将原画色调传达在自己画面上。

如图41—43，这样做大大丰富了学生记忆中的色彩配置储存，排除现实合理性的干扰，树可以是绿色，也可是红色，甚至是黑色，只要满足大的色彩关系的需要，就是合理的。

（图41）

（图42）

（图43）

（图44） 果园里的妇人 卡米勒·毕萨罗

（图45） 空地 古斯塔夫·凯利博

（图46）

　　各种不同灰艳、明暗、冷暖的绿色构成了和谐的画面，不错地借鉴了上图的色调,表现手法上以大色块平涂为主，色块与色块之间变化微妙，体现了作者良好的色彩修养。

（图47）

　　颜色有足够的表现力，用笔松动。

二　色彩小稿练习 (4课时)

　　小稿练习专门练习配置色彩，是上一个步骤的延续。没有颜色的积累，创作中必然出现画面单调空洞的后果。当学生的经验与能力不足以编造色彩关系，缺乏丰富的色彩想像力的时候，以小稿积累起步是有效的途径。

　　小稿中不一定出现复杂现象形态，可以是几个有穿插关系的抽象形状，重在色彩搭配。

(图48)

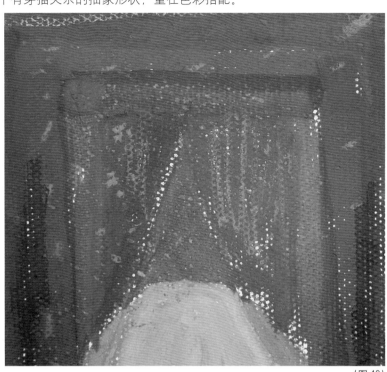

(图49)

(图50)

（图51）

（图52）

（图 53）

（图 54）

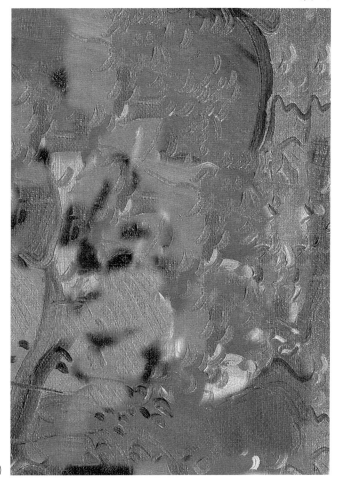

（图 55）

三 创作 (20课时)

基本要求:构图完整,色调准确,大色块配置舒服,色彩层次丰富,具有节奏感,画面给人以某种情绪或氛围的感受。创作时,可以回想写生过的对象和临摹过的画作,从中寻找各种色彩关系的参考和色彩感觉。调动起主观意识,只取能为画面服务的成分,追求画面的整体视觉效果。在作画步骤上依然遵循上面所讲的写生步骤,在此不作赘述。

下面结合作品谈在创作中易出现的几个问题:

A.创作中,学生常会受到对象固有色的限制,画树干想到褐色,画天空想到湖蓝……千万要忘掉这些。如图56,粉红的水面、粉红的小屋与绿色构成的对比强烈而不失和谐,任何颜色只要不破坏大关系,就可以合理存在。

B.注意在安排黑、白、灰关系时,黑色块、白色块、灰色块区域的连贯性;区域划分既要明确又要相互呼应。如图55,重色块集中在画面中间地带,并形成一个明确的形状,小屋的亮色块和小船的暗部中有重颜色与之呼应。

C.注意前景、中景、远景的空间距高感,可通过冷暖对比、笔触的对比、刻画力度的对比等手段来实现。如图56,前景偏暖,笔触跳跃;远景偏冷,笔触收敛。

(图56)

作品评析：

色域划分明确、有趣。房子、树、路统一处理为圆钝笨拙的造型。大面积的路与小块的房，穿插得当。表现手法采用平涂，画面清晰、悦目，充满童真。

(图57)

构图运用有意思的点、线、面构图，分割出几大块色彩区域，加之颜色鲜灰的变化，使画面有了近、中、远景，整幅画层次丰富、耐看。

(图58)

(图59)

(图60)

画面统一在绿灰调里，没有具体的形象刻画，着重表现由远至近的微妙颜色变化。例如，同是黄，但有从天际的冷月黄至路边的土黄，再到近处草地的暖黄绿、树上的芽黄等变化，色彩本身说话了，完全自然呈现。但形色结合欠佳，树与栏杆的形块单薄无力，影响颜色穿插。

造型概括，着力于色彩，大篇幅的冷蓝，穿插淡淡的小面积的鹅黄，较好地把握了蓝调。不足之处是构图欠考虑，画面上下脱节，缺少联系。

(图61)

起稿时勾勒的几块形是流动的，上色时顺水推舟，没有形体的细节，细节全在那流动的质感丰富的色彩中。

(图62)

繁杂多变的街景，人影被归纳为一色的斜方体，画面营造拐角的强烈动态。

(图63)

　　大胆的变形、变调是建立在对客观造型规律的认识上。变，必须变得有道理，才能产生美感。

强化主观色彩感受，体现内心的情感。 (图64)

形块表述非常个性化，明暗、艳浊、大小的安排有条有序，凸现空间感。 (图65)

首先入目的不是人体、影子、床、地，而是扭状的条形、整块的色彩。两条亮色形成强烈的十字构图。

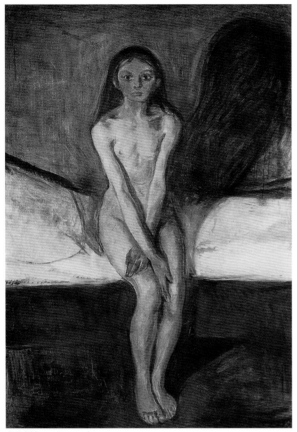

（图66）

（图67）

（图68）

（图69）

养兵千日，用在一时。经过色彩基础知识的理论课，静物、风景写生的实践课以及针对考试题型的创作课这三大课程的熏陶、积累，学生已经在观念上对色彩有了相当的了解，掌握了一定的色彩规律，并积攒了比较丰富的画面经验。当他们重新面对风景默写、图片填色的考试题目时，便不再心存困惑，而可以满怀信心地调动起前阶段所掌握的知识与能力，创作出理想的画面。

课期：30课时

课程要求：

模拟考试，顾名思义，课程重点就是仿真高考，从考题设置、考试形式、考试时间以及评卷都让学生有真切体会。要求学生在一次次的模拟考试中，扎实发挥基本功，并尽快摸索出一套对考试这种短时即时的创作行之有效的方法。

学生在课程中应该做到如下三点：

1.继续坚持前阶段课程中对画面规律的探索与实践。

2.发现并及时解决在考试模式下自己的画面中出现的问题。

3.进入备考状态，以适度紧张的状态，创造更高的效率、更好的效果。

课程安排：

遵循考试模式：教师给学生出命题，然后学生在3个小时之内完成、交卷，由教师评卷并进行集体评讲。

模拟试题：

在临考阶段模拟考试的课程都非常充实紧张，期间平均组织学生进行六次以上的正式模考。

以下选取2003年与2004年中比较典型的两次模拟考试进行分析、评讲。

一、2003年

模拟考试题目之一：

"阴、晴、雨、雪、昼、夜、晨、昏"，要求自选其中一个光源主题创作一幅色彩风景，时间3小时。

题目分析：

1.光源

模拟2002年高考试题《夕阳下的天空与山》，以光源做文章，制定"阴、晴"等一系列模拟考题。

题目设定一方面出于色光不分，更重要的另一方面有利于引导大色调。丰富的色彩变化必须以统一和谐的色调为前提。有意识地给画面设定一个光源，不一定是重点强调光感，但必须设定好光源是冷是暖，偏何色相，据此规划一个整体色调。这样，颜色才能有序地组织起来，使画面色彩关系明确(图71)。

2.冷暖

从近年高考设计类色彩试题可以看出此趋势：题目设定降低对造型的要求，借此要求考生更多地关注色彩本身。冷暖是色彩的灵魂，是画面最重要的色彩关系，所以这次模拟试题在冷暖调子上来一次完整的专门训练。每个北京中艺学生都要完成一组冷暖调子的练习，例如阴与晴、晨与昏等。

3.传达

综观近几年高考设计类色彩试题以及优秀考卷，可以发现对设计类考生来说，如何以画面向受众传达信息的能力十分关键。所以模拟考题的题型有适当偏向——只给出命题的风景创作。

这相比起黑白图片转换色彩风景，更强调形色统一、色调统一，更需要北京中艺的学生成竹在胸，明确目的，通过想像、作小草图等方法设定好画面预期效果，像写作文一样，围绕着命题抒发情感、传达气氛。

(图71)

试卷评讲:

(图72)

　　画面风景形象以几何形的色块出现,颇有构成感与装饰味。黄紫色块在一个灰色系中微妙地变化,颜色非常相融,到位地传达了阴冷的感觉。

(图73)

　　色调统一,画面层次丰富,用笔泼辣。但白色的运用缺乏冷暖、灰艳的变化,稍显单薄。

(图74)

(图75)

(图76)

(图77)

　　以较大的俯视透视构图，与凝重的调子相结合，突出阴暗压抑的气氛。但缺少适量相对较亮艳的颜色，画面显混浊。画面中黄、橙两块三角形的安排破坏了灰色地面形的完整性，且在画面孤立无援，欠考虑。

(图78)

　　取材角度特别，营造晴天清晨的光感。画面统一在冷蓝的调子中，水天一色，运用冷暖对比使视觉更为深远。难得的是画中静谧、神秘的气氛，体现了作者的独到艺术气质。

二、2004年

模拟考试题目之一：

以"校园风景"为主题创作一幅色彩风景，时间3小时。

题目分析：

1.校园

高考设计类试题对学生的要求整体趋向于关注、留意身边事物。因此，风景创作的命题也适当地从郊外、风景区等城市考生不常接触的山、水、树转移到考生比较熟悉的城市风景上来。而在城市风景中，学生最有体会的当然首推校园风景。这就是模拟试题的用意所在。

2.构成

虽然画面中山、水、树等元素被置换成操场、大楼、庭院等元素，但画面美的规律是不变的。在形的创作中，学生要运用在基础课里掌握的构成规律，抱着主观处理画面的态度，朝着形块统一的方向创作。

3.色调

不要拘泥于固有的城市风景，清一色地往没有色彩倾向的灰色上走。无论画什么都是借物抒情，画面本身比对象更重要。学生应根据自己的感觉，以我手写我心。色彩创作是交由学生作个性发挥的，只要构图、色彩关系良好，便鼓励学生不拘一格，不论灰调、艳调、细腻、概括、粗犷、柔美，总之尽力寻找个性化表述。

(图79)

试卷评讲：

以俯视构图，把校园建筑归纳成主要是水平与垂直的线与面，形块统一，但稍欠面积大小上的对比。紫灰的调子统领画面，从近到远的色彩不断提纯、变艳，画面色彩层次丰富。

(图 80)

　　选取了一个校园建筑的局部，利用光线、阴影等作画面分割，形块、明暗关系富有节奏，画面构成感不错。色彩处理稍弱，但整体仍体现了作者一定的审美。

(图 81)

　　作者在这里对形和色都作了一个抽象处理，复杂的教学楼被处理成简洁而富空间感的面与线，繁多的色彩被处理成柔美的几块有着微妙冷暖关系的灰色。

(图 82)

　　典型的横构图，制造辽阔、舒畅的意境。横面的几个色条有着冷暖、灰艳、明暗的跳跃相间。

(图 83)

模拟考试总结：

2003年北京中艺色彩模拟考题有：

阴天、晴天、雨天、雪地、白昼、夜晚、清晨、黄昏、天空、白云等等。

2004年北京中艺色彩模拟考题有：

校园风景、城市风景、公园风景、院子里的花、窗外风景等等。

从学生的模拟考卷来看，色彩课程的教与学都基本上有了成果。

多轮模拟考试的试卷都反映出学生在接受了一套完整的色彩课程后的特点：

1.构图合理，形块统一

良好的素描关系是形成良好画面的第一步，像庆典时的花式队列那样，有了美的形状、美的颜色才能发挥作用。

2.色调明确，色彩关系良好

这是课程的重点，即便简化素描关系，也要保证色彩关系的质量。

3.具有一定的绘画性，画面富于表现感

一方面是学生自身的素养，另一方面得益于课程中分几个阶段安排的作品赏析对学生的熏陶。

2003年3月中央美院高考——设计类色彩试题是《阴天、晴天》。

2004年3月中央美院高考——设计类色彩试题是《操场风景》。

由于基本功的扎实，备考的充足，北京中艺03届、04届的学生在当年中央美院高考的色彩考试中均取得良好的成绩。

（图84）

图书在版编目(CIP)数据

色彩／杨珺编著．—南宁：广西美术出版社，2005.2
（艺术设计高考应试训练）
ISBN 7-80674-551-3

Ⅰ．色... Ⅱ．杨... Ⅲ．色彩学—高等学校—入学
考试—自学参考资料 Ⅳ．J063

中国版本图书馆CIP数据核字（2005）第010813号

丛书名：艺术设计高考应试训练丛书

书　名：设计色彩课程

主　　编　杨　珺　高　斌

本册著者　颜　素

出 版 人　伍先华

终　　审　黄宗湖

策　　划　姚震西

责任编辑　白　桦

文字编辑　于　光

校　　对　陈小英　刘燕萍　尚永红　林　南

装帧设计　白　桦

出　　版：广西美术出版社

地　　址：南宁市望园路9号(530022)

发　　行：广西美术出版社

制　　版：广西雅昌彩色印刷有限公司

印　　刷：深圳雅昌彩色印刷有限公司

版　　次：2005年2月第1版

印　　次：2005年2月第1次

开　　本：889mm×1194mm　1/16

印　　张：3.5

书　　号：ISBN 7-80674-551-3/J·408

定　　价：19.00元